20 o Bobl Liwgar Cymru

caredig
cryf
hapus
cyffrous
gwych
hyderus
diogel
anhygoel
dewr
talentog
arbennig
teg
hardd
positif
iach
balch
caredig
ysbrydoledig
parchus
pwysig
cyfartal

20 o Bobl Liwgar Cymru

Natalie Jones

Lluniau gan Telor Gwyn

y olfa

Rydych chi'n derbyn yn llwyr y risg
wrth ddilyn y codau QR yn y llyfr hwn.
Nid ydym yn gyfrifol am y wefan y
mae'r codau QR yn arwain ati.

Argraffiad cyntaf: 2024
© Hawlfraint Natalie Jones a'r Lolfa Cyf., 2024
© Hawlfraint darluniau: Telor Gwyn
Dylunio: Richard Huw Pritchard
Dyluniad y clawr: Richard Huw Pritchard

Mae hawlfraint ar gynnwys y llyfr hwn ac mae'n anghyfreithlon i lungopïo neu atgynhyrchu unrhyw ran ohono trwy unrhyw ddull ac at unrhyw bwrpas (ar wahân i adolygu) heb gytundeb ysgrifenedig y cyhoeddwyr o flaen llaw.

Dymuna'r cyhoeddwyr gydnabod cymorth ariannol
Cyngor Llyfrau Cymru.

ISBN: 978-1-80099-608-3

Cyhoeddwyd ac argraffwyd yng Nghymru gan
Y Lolfa Cyf., Talybont, Ceredigion, SY24 5HE
e-bost ylolfa@ylolfa.com
gwefan www.ylolfa.com
ffôn 01970 832 304

Cyflwyniad

Helô!

Natalie Jones ydw i! Dwi'n fam o dras Jamaicaidd. Mae gen i radd mewn seicoleg a dwi'n athrawes. Dwi'n ffodus hefyd fy mod i wedi cael y cyfle i weithio fel cyflwynwraig ar S4C a chyfrannu at sawl rhaglen ffeithiol. Bûm yn gweithio efo Llywodraeth Cymru a sefydliadau eraill i greu adnoddau gwrth-hiliol i blant.

Does dim llawer o athrawon Du ac Asiaidd yn ysgolion Cymru yn anffodus, ac felly does gan blant lleiafrifol ein cymunedau ddim digon o fodelau rôl i'w cefnogi a'u **hysbrydoli**. Bwriad y llyfr hwn ydy dangos pa mor ANHYGOEL o DALENTOG ydy pobl Ddu ac Asiaidd Cymru ac annog POB plentyn i fod yn FALCH o'i **hunaniaeth**. Gobeithio y bydd y llyfr yn ysgogi plant i ddilyn eu breuddwydion, a'u hatgoffa o ba mor bwysig ydy gofalu am eraill a bod yn garedig.

Mwynhewch!

Natalie

Aleighcia Scott

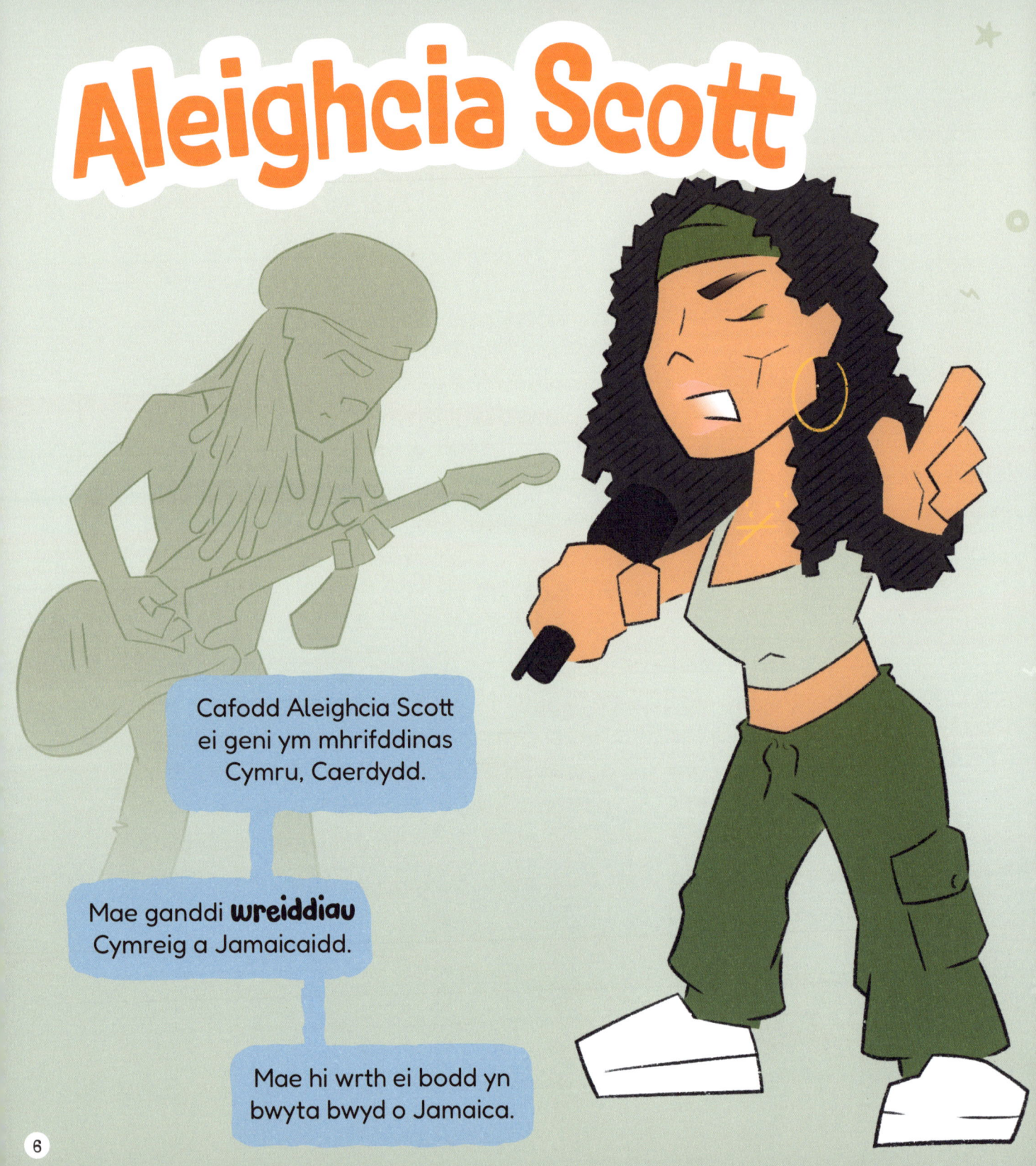

Cafodd Aleighcia Scott ei geni ym mhrifddinas Cymru, Caerdydd.

Mae ganddi **wreiddiau** Cymreig a Jamaicaidd.

Mae hi wrth ei bodd yn bwyta bwyd o Jamaica.

Penderfynodd ddysgu siarad a chanu yn Gymraeg pan oedd hi'n oedolyn. Mae hyn yn bwysig iawn iddi.

Mae Aleighcia wedi gwirioni ar gerddoriaeth reggae. Cerddoriaeth sy'n dod o Jamaica ydy reggae ac mae'n gwneud i ti fod eisiau canu a dawnsio!

Mae hi wedi rhyddhau dau albwm – *Forever in Love* yn 2018 a *Windrush Baby* yn 2023.

Canu ydy gwaith Aleighcia. Mae hi'n teithio'r byd yn perfformio – o Brydain i Jamaica. Mae hi hefyd yn canu ar y we, ac yn cyflwyno ar BBC Radio Wales a BBC Radio 1Xtra.

Wyt ti'n gwybod?

Cafodd Aleighcia ei dewis yn un o feirniaid rhaglen ganu *Y Llais* ar S4C.

Gwranda ar un o ganeuon Aleighcia yma!

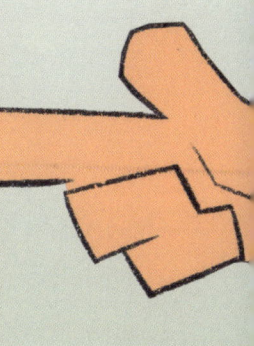

Penny Dinh

Mae Penny Dinh yn byw yng Nghaerdydd. Mae ei theulu yn dod o Fietnam.

Mae hi'n ymchwilydd ym Mhrifysgol Caerdydd.

Mewn gwaith ymchwil pwysig, dysgodd Penny nad oedd gan lawer o athrawon Cymru liw croen gwahanol. Doedd rhai plant, felly, ddim yn cael eu dysgu gan athrawon oedd yn edrych yn debyg iddyn nhw. Oherwydd gwaith ymchwil Penny, mae ysgolion nawr yn gwneud eu gorau i ddod o hyd i athrawon newydd o bob **hil** posibl.

Mae Penny yn gweithio'n galed i wneud Cymru yn lle teg a hapus i blant ac athrawon, beth bynnag ydy lliw eu croen.

Dydy trin rhywun yn wahanol achos lliw eu croen ddim yn iawn. Hiliaeth ydyn ni'n galw hyn.

Mae Penny yn arwres oherwydd mae hi'n ymladd dros beth sy'n iawn mewn ffordd bositif. Mae hyn yn gwneud i bobl eraill sylweddoli eu bod nhw'n gallu gwneud yr un peth.

Pwy ydy dy arwr neu arwres di?

Emily Pemberton

Merch o Gaerdydd ydy Emily Pemberton.

Mae hi'n Gymraes ac yn Jamaicaidd.

Mae hi'n falch iawn ei bod hi'n gallu siarad Cymraeg.

Mae Emily wedi bod yn cyflwyno ar y teledu. Roedd hi'n siarad ar raglen *Pawb a'i Farn: Black Lives Matter*. Enillodd y rhaglen wobr BAFTA. Roedd hi hefyd yn cyflwyno ar *Windrush: Rhwng Dau Fyd*, rhaglen a oedd yn adrodd hanes pobl o'r Caribî yn symud i Brydain.

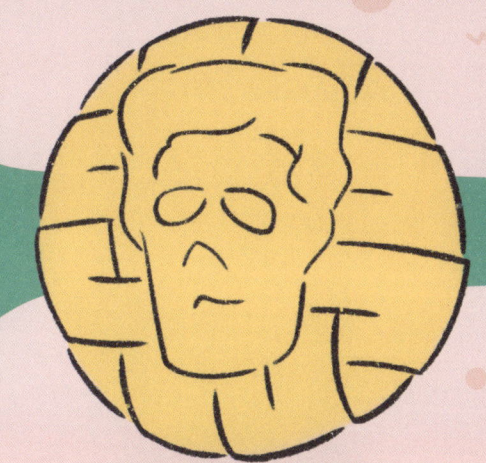

Mae cael gwared ar hiliaeth yng Nghymru yn bwysig iawn i Emily, a bod pawb yn cael y cyfle i wneud beth bynnag maen nhw eisiau ei wneud yn Gymraeg neu Saesneg. Cydraddoldeb ydyn ni'n galw hyn.

Mae Emily hefyd yn gweithio i Urdd Gobaith Cymru ac yn cefnogi pobl ifanc i lwyddo a thrio gwneud Cymru yn wlad well a theg.

Wyt ti'n gwybod?

Mae gan Urdd Gobaith Cymru fasgot o'r enw Mistar Urdd. Mae ganddo gân ei hun, sef 'Hei Mistar Urdd'. Torrodd y gân ddwy Record Byd Guinness yn 2022 – am y nifer fwyaf o fideos gafodd eu rhoi ar Facebook a Twitter/X mewn un awr o bobl yn canu'r un gân.

Tyrd i ganu efo Mistar Urdd!

Dr Phillip Moore

Cafodd Dr Phillip Moore ei eni ar ynys yn y Caribî o'r enw Barbados.

Mae'n **llawfeddyg** yn Ysbyty Gwynedd, Bangor. I fod yn llawfeddyg, bu'n rhaid iddo astudio ac ymarfer am saith mlynedd.

Roedd eisiau gwneud i'w **gleifion** deimlo'n gyfforddus pan oedden nhw'n teimlo'n ddi-hwyl, felly penderfynodd ddysgu Cymraeg. Nawr mae'n gallu siarad â nhw yn eu hiaith gyntaf.

Mae dysgu Cymraeg wedi helpu Phillip i ddangos parch at ei gleifion ac i deimlo'n rhan o'r gymuned.

Mae'r doctor wedi bod ar raglen deledu *Ward Plant* ar S4C.

Mae Phillip wedi dangos bod yn rhaid dysgu rhywbeth newydd weithiau i wneud dy fywyd di ac eraill yn well.

Enillodd Phillip wobr yn yr Eisteddfod Genedlaethol am ddysgu Cymraeg. Mae'n falch iawn o hyn – yr un mor falch ag y mae o fod yn llawfeddyg.

Beth wyt ti'n falch ohono?

Melanie Owen

Mae Melanie Owen yn dod o Aberystwyth.

Mae hi'n Gymraes ac yn Jamaicaidd.

Mae Melanie yn dalentog iawn ac wedi ennill llawer o wobrau. Mae hi'n ffermio, yn **ddigrifwr**, cyflwynydd, awdur ac actores. Am brysur!

Pan oedd hi'n blentyn, roedd hi'n mwynhau canu, dawnsio neu chwarae offeryn o flaen ei theulu. Cafodd ran ddoniol yn sioe Nadolig yr ysgol pan oedd hi ym mlwyddyn tri, a mwynhau gwneud i bobl chwerthin. Ar ôl hyn roedd hi'n neidio ar bob cyfle i berfformio.

Un diwrnod, gwnaeth hi gyfarfod ag actor enwog o'r enw Hugh Jackman a bwyta ei croissant ar ddamwain! Ond doedd Jackman ddim yn flin o gwbl efo hi, chwarae teg.

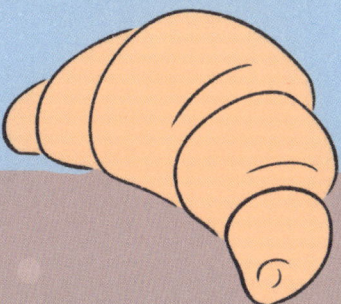

Mae Melanie wrth ei bodd yn siarad ar y teledu a'r radio. Mae hi hefyd yn caru anifeiliaid a bod allan ar fferm y teulu.

Mae hi'n defnyddio ei sgiliau a'i hegni i wneud y byd yn lle gwell, yn enwedig i blant. Os ydy hi'n gweld plentyn yn cael ei drin yn annheg, mae'n siarad am beth sy'n digwydd i geisio gwneud pethau'n well.

Wyt ti'n gwybod?

Mae chwerthin yn cadw dy galon a dy ysgyfaint yn iach!

Mali Ann Rees

Actores o Gaerdydd ydy Mali Ann Rees.

Mae hi'n Gymraes ac yn Jamaicaidd. Mae siarad dwy iaith – Cymraeg a Saesneg – wedi ei helpu gyda'i breuddwyd o fod yn actores.

Mae Mali wedi actio yn y theatr, ar raglenni teledu ac mewn ffilmiau. Mae hi wrth ei bodd yn perfformio o flaen pobl ac yn eu gwneud nhw'n hapus.

Mae Mali yn credu ei bod hi'n bwysig siarad am ein teimladau ac am beth sy'n ein gwneud ni'n wahanol i bobl eraill – a'r pethau sy'n ein gwneud ni'n debyg hefyd, wrth gwrs.

Pan oedd Mali yn ifanc, doedd hi ddim yn gweld unrhyw actorion Cymraeg a oedd yn edrych yn debyg iddi hi. Mae hi'n credu y dylai fod gan bob plentyn **fodelau rôl** ac mae'n gwneud ei gorau i fod yn un ei hun.

Mae Mali yn garedig achos mae hi'n meddwl am ddyfodol plant.

Sut wyt ti'n gallu bod yn garedig?

Sunil Patel

Mae Sunil Patel yn dod o India ac yn byw yng Nghaerdydd.

Mae'n dad, yn ddyn busnes ac yn hyfforddwr sydd wedi gwirioni ar bêl-droed. Mae'n gwirfoddoli mewn clwb pêl-droed a chlwb criced yn ei ardal.

Pan oedd yn fachgen bach, symudodd ei deulu i Gymru. Roedd rhai plant yn dweud pethau cas wrtho am liw ei groen. Roedd yr hiliaeth yma yn gwneud Sunil yn drist iawn. Penderfynodd y byddai'n gwneud rhywbeth am y peth ar ôl iddo dyfu i fyny.

Sunil oedd un o'r bobl gyntaf i weithio i **elusen** Dangos y Cerdyn Coch i Hiliaeth. Mae'r elusen yn teithio ar hyd a lled Prydain i ddysgu plant sut i drin ei gilydd yn garedig.

Erbyn hyn, mae gan Sunil fusnes ei hun sy'n dysgu pobl sut i drin pawb yn deg yn y byd gwaith. Mae ei swydd yn bwysig iawn achos mae'n helpu i wneud i bawb deimlo'n hyderus ac yn ddiogel yn eu gwaith.

Gan fod Sunil wedi dioddef hiliaeth pan oedd yn blentyn, mae'n gweithio'n galed i wneud yn siŵr nad ydy plant heddiw yn dioddef hefyd.

Wyt ti'n gwybod?

Bob mis Hydref, mae Dangos y Cerdyn Coch i Hiliaeth yn trefnu Diwrnod Gwisgo Coch. Rwyt ti'n gallu dathlu'r diwrnod pwysig trwy ddysgu am hiliaeth, codi arian i'r elusen, ac wrth gwrs, drwy wisgo dillad coch!

Mirain Iwerydd

Mae Mirain Iwerydd o Grymych yn cyflwyno ar y radio a'r teledu.

Mae hi'n cyflwyno sioe radio llawn hwyl ar BBC Radio Cymru a BBC Radio Cymru 2. Bob bore Sul, mae hi'n ceisio dewis cerddoriaeth sy'n gwneud pawb yn hapus.

Mae Mirain hefyd yn cyflwyno rhaglen deledu i blant ar S4C o'r enw *Sêr Steilio*, a rhaglen i deuluoedd o'r enw *Heno*.

Pan dydy Mirain ddim yn brysur yn cyflwyno, mae hi'n hoff iawn o wnïo. Mae ganddi hi lawer o ddillad lliwgar.

Aeth hi i ŵyl gerddoriaeth yn yr Iseldiroedd a chyfweld â llawer o sêr pop, ac mae hi hefyd wedi gwneud rhaglen i blant am **wleidyddiaeth**.

Mae Mirain yn mwynhau mynd i ysgolion i rannu straeon a siarad efo plant.

Enillodd Mirain wobr am siarad cyhoeddus efo'r Urdd pan oedd hi'n ifanc! Ers hynny, mae hi wedi dal ati i ddysgu a gweithio'n galed er mwyn datblygu ei sgiliau.

Am berson talentog!

Pwy fyddet ti'n hoffi ei gyfweld?

Richard Parks

Anturiwr o Bontypridd ydy Richard Parks.

Mae ei deulu yn dod o Gymru a Jamaica.

Gwyddoniaeth oedd ei hoff bwnc yn yr ysgol ac aeth i'r brifysgol i ddysgu sut i fod yn ddeintydd.

Roedd hefyd yn anhygoel am chwarae rygbi a chafodd ei ddewis i chwarae i Gymru. Ond ar ôl sawl anaf, roedd yn rhaid iddo newid ei waith eto – felly penderfynodd fod yn anturiwr!

Mae Richard wedi teithio i lefydd pell iawn ac wedi dringo i **gopa** Mynydd Everest!

Mae'n ddewr ac yn heini, ac wedi torri sawl record byd. Richard oedd y person cyntaf o liw i gyrraedd Pegwn y De ac mae wedi sgio ar ei ben ei hun yn Antarctica. Mae angen gwydnwch i wneud hyn, sy'n golygu peidio â rhoi'r gorau iddi. Mae Richard yn ein dysgu ni fod gwneud ein gorau glas yn ein gwneud ni'n gryf.

Mae Richard hefyd yn gwneud ffilmiau am ei deithiau ac yn siarad am sut y gallwn ni ofalu am y blaned.

Wyt ti'n gwybod?

Mynydd Everest ydy'r mynydd uchaf yn y byd. Mae wyth gwaith yn uwch na'r Wyddfa!

Rabbi Matondo

Cafodd Rabbi ei eni yn Lerpwl, ond symudodd ei deulu i Gaerdydd pan oedd yn ddwy oed.

Cafodd ei rieni eu geni yn y Congo yng nghanolbarth Affrica.

Mae Rabbi Matondo yn enwog am chwarae pêl-droed. Chwaraeodd i dîm dynion Cymru am y tro cyntaf pan oedd yn 18 oed.

Pan oedd yn blentyn, roedd Rabbi wrth ei fodd yn chwarae pêl-droed ar y stryd efo'i deulu a'i ffrindiau.

Un diwrnod, gwelodd pobl bwysig o glwb pêl-droed Dinas Caerdydd Rabbi yn chwarae pêl-droed a gofyn iddo ymuno â'r tîm gan ei fod mor dalentog. Roedd Rabbi wedi cyffroi'n lân!

Byddai Rabbi wedi gallu chwarae pêl-droed i Loegr neu'r Congo, ond dewisodd chwarae i dîm Cymru.

Ar ôl tipyn, sylwodd y tîm pel-droed enwog, Dinas Manceinion, ar sgiliau gwych Rabbi ar y cae pêl-droed a gofyn iddo ymuno â nhw. Doedd Rabbi ddim yn gallu credu'r peth!

Wyt ti'n gwybod?

Mae anthem Cymru, 'Hen Wlad Fy Nhadau', yn cael ei chanu cyn pob gêm bêl-droed gan y chwaraewyr a'r cefnogwyr, i ddangos eu cariad at Gymru.

Dyma anthem orau'r byd!

Nooh Omar Ibrahim

Mae Nooh Ibrahim yn dod o Dre-biwt yng Nghaerdydd.

Mae ganddo wreiddiau yn Somalia a Chymru.

Mae'n cynnal sesiynau ymarfer corff i helpu pobl yn ei ardal i gadw'n heini ac yn iach.

Sylwodd Nooh nad oedd gan blant yn ei ardal lawer i'w wneud ar ôl ysgol. Felly gweithiodd ef a'i ffrind, Saeed Abdi, yn galed i drefnu lle diogel i bobl ifanc ddod at ei gilydd i chwarae, mwynhau a bwyta!

Mae Nooh wrth ei fodd yn gwneud pobl ifanc yn hapus a'u helpu i serennu – mewn chwaraeon ac yn eu bywyd bob dydd.

Mae hefyd yn gweithio i Urdd Gobaith Cymru ac yn gwneud yn siŵr fod pob plentyn yn cael cyfle i chwarae rygbi, a hynny wrth siarad Cymraeg.

Yn 2022, cafodd ei ddewis i fod yn un o'r wyth person arbennig ar restr fer gwobr **Arwr Di-glod** Personoliaeth Chwaraeon y Flwyddyn y BBC. Tipyn o gamp!

Cafodd Nooh wobr 'Dysgwr Ifanc y Flwyddyn' yn Eisteddfod Genedlaethol yr Urdd 2024, flwyddyn a hanner yn unig ar ôl dechrau dysgu siarad Cymraeg.

Mae Nooh yn defnyddio ei ddychymyg a'i sgiliau i wella bywydau pobl ifanc.

Beth fyddai'n gwneud plant yn hapus yn dy ardal di?

Lloyd Lewis

Mae Lloyd Lewis o Gasnewydd yn gyflwynydd ar raglen deledu *Stwnsh* ar S4C, yn chwaraewr rygbi ac yn rapio.

Mae'n perthyn i Gymru a Jamaica.

Dysgodd am y cyfryngau a llenyddiaeth Saesneg yn y brifysgol.

Mae Lloyd wedi chwarae rygbi i Bont-y-pŵl, i Gasnewydd ac i Gymru ac yn gallu rhedeg yn gyflym iawn.

Mae'n hoffi gwneud yn siŵr fod plant yn cael hwyl ac yn cael eu trin yn deg.

Mae cerddoriaeth yn bwysig iawn i Lloyd ac mae'n rapio yn Gymraeg a Saesneg. Mae'n credu'n gryf y dylai plant glywed cerddoriaeth rap yn Gymraeg, felly ysgrifennodd a pherfformiodd y gân 'Pwy Sy'n Galw?' efo'i ffrind, Dom James.

Mae Lloyd yn wych achos mae'n ein hatgoffa ni fod siarad Cymraeg yn cŵl ac yn hwyl.

Am beth fyddet ti'n hoffi rapio?

Molara Awen

Cafodd Molara Awen ei geni yn Lloegr ond mae hi'n byw yn Sir Benfro erbyn hyn.

Mae ei mam yn dod o Loegr a'i thad yn dod o Nigeria.

Mae hi wedi teithio'r byd yn canu pob math o gerddoriaeth – caneuon yr enaid, reggae, pop a gwerin. Mae hi hefyd yn dysgu pobl eraill sut i ganu.

Mae gan Molara ddau o blant sydd wedi'i helpu hi i ddysgu Cymraeg. Erbyn hyn, mae hi'n gallu canu mewn sawl iaith – Cymraeg, Saesneg, Ffrangeg, Iorwba a Sbaeneg. Anhygoel!

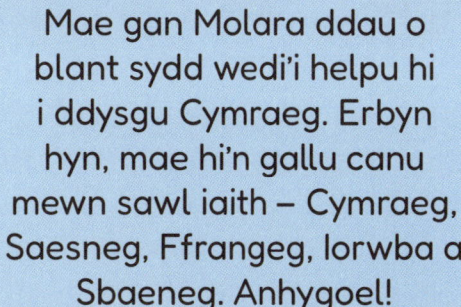

Cafodd Molara amser trist iawn yn ei bywyd pan fuodd ei chefnder farw oherwydd annhegwch a hiliaeth. Ers hynny, mae hi wedi gweithio'n galed iawn i drio stopio hyn rhag digwydd i unrhyw un arall. Mae hi wedi helpu **Llywodraeth** Prydain i greu deddf newydd o'r enw Cyfraith Seni.

Mae hi a'i theulu wedi serennu ar raglen deledu *Gogglebocs Cymru* ar S4C.

Mae Molara yn agor ei chartref i blant a'u teuluoedd gael dod i ddathlu a dysgu am bobl anhygoel o bob lliw.

Wyt ti'n gallu dweud 'Helô' yn yr ieithoedd mae Molara yn eu siarad?

Hello (Saesneg)
Helô (Cymraeg)
Bonjour (Ffrangeg)
Pẹlẹ o (Iorwba)
Hola (Sbaeneg)

Margaret Ogunbanwo

Cafodd Margaret Ogunbanwo ei geni yn Lagos yn Nigeria, Affrica. Symudodd ei gŵr a hithau i'r DU ar ôl priodi.

Mae hi nawr yn byw yng Nghaernarfon ac wedi dysgu Cymraeg.

Mae hi'n fam i ddau o blant – un ohonyn nhw ydy'r rapiwr enwog, Sage Todz.

Mae Margaret yn berson positif a llawn egni!

Mae hi'n gogydd anhygoel ac wrth ei bodd yn coginio ac yn ysgrifennu am fwydydd o bob rhan o'r byd. Mae hyn yn cynnwys bwyd o Nigeria, y Caribî, India, yr Eidal, Môr y Canoldir, Bali, Syria a bwyd Latino.

Mae Margaret hefyd yn berson busnes. Mae hi'n cymysgu ac yn gwerthu sbeisys a sawsiau blasus, ac yn helpu pobl eraill i ddechrau busnesau newydd.

Roedd Margaret yn ddewr iawn yn symud o'i gwlad. Ond mae hi wedi dod o hyd i hapusrwydd a llwyddiant yng Nghymru.

Dychmyga pa mor dda fyddai bwyta swper yn nhŷ Margaret Ogunbanwo!

Beth ydy dy hoff fwyd di?

Ify Iwobi

Cerddor o Abertawe ydy Ify Iwobi.

Mae hi'n falch o fod yn Gymraes ac yn Nigeriaidd.

Mae Ify yn wych am ganu'r piano ac wrth ei bodd efo cerddoriaeth!

Mae Ify wedi canu'r piano yng Nghymru, Llundain ac America. Mae hi wedi perfformio ar y teledu, ar y radio ac ar lwyfan, ac wedi ennill sawl gwobr am ei thalent.

Mae hi'n gweithio'n galed i wneud pobl eraill, a phlant, yn hapus. Yn Nigeria, mae'n rhaid i blant dalu i fynd i'r ysgol, ond does gan lawer o deuluoedd ddim digon o arian i dalu. Mae Ify yn helpu drwy roi arian i blant tlawd fel eu bod yn gallu mynd i'r ysgol i ddysgu a datblygu.

Yn 2021, ysgrifennodd Ify gân wych efo'i ffrindiau i godi arian i'r Gwasanaeth Iechyd. Enw'r gân ydy 'Wnawn Ni Ddim Anghofio'.

Mae hi hefyd yn helpu pobl ifanc yng Nghymru sy'n hoffi cerddoriaeth i ddod o hyd i'w lleisiau – a'u hofferynnau!

Os byddet ti'n aelod o fand Ify, pa offeryn fyddet ti'n hoffi ei chwarae?

drymiau ○ gitâr ○ trwmped ○

piano ○ tamborîn ○

Ymlacia wrth wrando ar un o ganeuon Ify!

Joseff Gnagbo

Cafodd Joseff ei eni yn y Traeth Ifori, gwlad yng ngorllewin Affrica. Ond mae nawr yn byw yng Nghaerdydd.

Mae Joseff Gnagbo yn ofalwr, **cyfieithydd** ac athro.

Mae Joseff yn mwynhau dysgu ieithoedd ers pan oedd yn blentyn. Dechreuodd ddysgu Ffrangeg, yna Swahili, Eidaleg, Rwsieg, Almaeneg ac Arabeg.

Roedd rhyfel mawr yn y Traeth Ifori ac roedd yn rhaid i Joseff symud o'i gartref. Roedd felly yn ffoadur, sef person sy'n gorfod dianc o wlad beryglus i wlad arall i fod yn ddiogel. Roedd yn adeg anodd a gofidus i Joseff a'i deulu.

Ar ôl amser, symudodd Joseff i Gymru. Penderfynodd ddysgu Cymraeg yn syth. Dyma'r seithfed iaith iddo ei dysgu!

Erbyn hyn, mae'n helpu pobl eraill i ddysgu Cymraeg ac mae'n **gadeirydd** Cymdeithas yr Iaith, sef grŵp sy'n gweithio i gael mwy o hawliau i Gymru a'r Gymraeg.

Mae Joseff hefyd yn gweithio'n galed i wneud yn siŵr fod pawb yng Nghymru yn cael eu trin yn deg ac yn cael cyfle i siarad Cymraeg.

Wyt ti'n gwybod?

Mae un pentref yng Nghymru yn enwog achos bod ganddo enw Cymraeg hir iawn – yr ail hiraf yn y byd: Llanfairpwllgwyngyllgogerychwyrndrobwll-llantysiliogogogoch!

Nelly Adam

Cafodd Nelly Adam ei geni yn Llundain ac mae ei theulu yn dod o Kenya. Mae hi'n byw yng Nghaerdydd erbyn hyn.

Mae Nelly yn gweithio mewn ysbyty ac mae hi hefyd yn fardd.

Mae hi wedi bod ar y newyddion ar y teledu a'r radio yn dweud pam y dylen ni drin pawb yn deg, a sut y gallwn ni fod yn ffrindiau gwell i'n gilydd.

Mae Nelly yn gweithio'n galed i drio cael **heddwch** ym Mhalestina. Mae hi hefyd yn codi arian i helpu pobl sy'n byw mewn gwledydd sydd wedi cael eu heffeithio gan ryfel.

Mae Nelly yn dysgu pobl am hiliaeth a sut i'w stopio. Weithiau mae hi'n gwneud hyn drwy farddoniaeth. Am syniad gwych – defnyddio barddoniaeth i newid y byd!

'Tyrd i gasglu arian i'r anghenus,
Gwagia dy bocedi – paid â bod yn farus!
Daw ceiniog ar ôl ceiniog i lenwi'r pot,
Pobl Palestina sy'n haeddu'r cwbl lot!'

Mae gan Nelly lysenw gwych, sef 'Queen Niche'!

Wyt ti'n gallu meddwl am lysenw da i ti dy hun?

Ali Abdi

Mae Ali Abdi yn dod o Grangetown yng Nghaerdydd.

Mae'n caru ei gymuned a phêl-droed.

Mae Ali yn Gymro ac mae ganddo deulu yn Somaliland, yn nwyrain Affrica.

Mae Ali wedi ennill sawl gwobr am helpu pobl ifanc. Un o'r rhain oedd Seren Newydd y Gwasanaethau Proffesiynol mewn gwobrau gan Brifysgol Caerdydd. Weithiau mae Ali yn rhoi gwobrau i bobl eraill hefyd am y pethau gwych maen nhw wedi eu gwneud!

Mae Ali yn credu ei bod hi'n bwysig i bawb weithio efo'i gilydd i wneud pethau da.

Mae'n helpu i wneud yn siŵr fod plant yn gwneud eu gorau yn yr ysgol, ac yn dod o hyd i waith ar ôl iddyn nhw adael yr ysgol. Ond yn fwy na dim, mae'n credu ei bod yn bwysig i blant fod yn hapus ac yn hyderus.

Mae Ali yn helpu pobl sydd ddim yn gallu siarad Cymraeg na Saesneg i fod yn rhan o'r gymuned.

Wyt ti'n gwybod?

Mae mwy na 94 o ieithoedd yn cael eu siarad yng Nghaerdydd!

Malachy Edwards

Cafodd Malachy Edwards ei eni yn Llundain ond mae'n byw yn Ynys Môn erbyn hyn.

Mae Malachy yn ysgrifennu yn y cylchgrawn Cymraeg, *Golwg*. Mae'n ysgrifennu am bethau gwahanol, o wleidyddiaeth i ffilmiau.

Cyhoeddodd Malachy hunangofiant yn 2023, sef *Y Delyn Aur*. Llyfr sy'n dweud hanes dy fywyd dy hun ydy hunangofiant. Yn y llyfr mae'n sôn am hanes ei deulu, ei hil a'i grefydd. Mae ei deulu yn dod o Iwerddon, Cymru a Barbados.

Yn ei amser hamdden, mae Malachy yn hoffi helpu eraill. Mae'n mwynhau cefnogi pobl i ysgrifennu llyfrau a straeon eu hunain.

Mae Malachy yn arbennig achos mae'n annog eraill i garu eu hiaith a'u **hunaniaeth**.

Beth wyt ti'n ei garu am Gymru a'r iaith Gymraeg?

Astudiodd Malachy y **gyfraith** am chwe blynedd ac erbyn hyn mae'n gofalu am bobl yn y byd gwaith. Mae'n gwneud yn siŵr fod pawb yn cael eu trin yn deg, yn cael eu talu'n iawn ac yn cael gweithio mewn lle diogel.

Sheldon Mills

Cyfreithiwr o Gaerdydd ydy Sheldon Mills. Cafodd ei fagu gan ei fam-gu.

Pan oedd yn blentyn, roedd Sheldon yn mynd ar deithiau cerdded i godi arian i elusennau ac yn helpu ei deulu i drefnu digwyddiadau eraill. Mae gwneud pethau da yn y gymuned wedi bod yn bwysig iddo erioed.

Roedd wedi penderfynu ei fod am astudio'r gyfraith mewn coleg yn Llundain pan oedd yn yr ysgol uwchradd. Dywedodd un athro wrtho na fyddai byth yn gallu gwneud hyn. Ond roedd Sheldon yn benderfynol a gweithiodd yn galed i wneud yn siŵr fod ei freuddwyd yn dod yn wir.

Mae Sheldon hefyd yn gweithio'n galed i wneud yn siŵr fod y gymuned LHDTCRA+ yn cael eu trin yn deg. Mae codi llais dros eraill yn hynod o bwysig iddo.

Mae Sheldon yn helpu pobl i gael arian ar gyfer **dyfeisio** pethau newydd. Am wych!

Unwaith, aeth i weld cymuned Gymreig yn Ne America. Roedd yn mwynhau gweld **diwylliant** Cymru yn cael ei ddathlu yno. Er ei fod yn gweithio yn Llundain nawr, mae wrth ei fodd yn dod yn ôl adref i Gymru.

Wyt ti'n gwybod?

Mae llawer o siaradwyr Cymraeg yn byw ym Mhatagonia, De America. Symudodd eu teuluoedd o Gymru dros 150 mlynedd yn ôl i drio cadw'r iaith Gymraeg yn fyw a chael bywyd gwell. Cymerodd y daith yno ddau fis, ar long o'r enw *Mimosa*.

Geirfa

arwr di-glod – rhywun sydd heb gael llawer o sylw am wneud pethau da

[c]adeirydd – rhywun sy'n arwain ac yn rheoli grŵp

[c]leifion – pobl neu blant sâl sy'n cael eu trin gan feddyg

[c]opa – top

cyfieithydd – rhywun sy'n newid un iaith i un arall

[c]yfraith – rheolau'r wlad

[d]igrifwr – rhywun sy'n dweud jôcs ac yn gwneud i bobl chwerthin

diwylliant – ffordd o fyw (iaith, crefydd, credoau)

dyfeisio – creu dyfais neu declyn clyfar

elusen – grŵp sy'n helpu pobl sydd mewn angen, e.e. pobl sâl, pobl dlawd, pobl ddigartref

[g]wleidyddiaeth – y ffordd mae'r wlad yn cael ei rheoli

[g]wreiddiau – o ble mae rhywun yn dod

heddwch – rhywbeth hapus a diogel heb ryfel na ffraeo

hil – grŵp o bobl sy'n rhannu'r un hanes, diwylliant ac edrychiad

hunaniaeth – beth sy'n dy wneud di yn ti

llawfeddyg – meddyg sy'n gwneud llawdriniaeth

llywodraeth – grŵp o bobl sy'n arwain y wlad

[m]odelau rôl – rhywun rwyt ti'n ei edmygu sy'n esiampl dda

[y]sbrydoli – rhoi syniad cyffrous i rywun am beth i'w wneud neu ei greu

Gweithgareddau

1 Tynna dair llinell i gysylltu'r bobl â rhywbeth maen nhw'n ei fwynhau.

    Aleighcia Scott   gwneud i bobl chwerthin

    Malachy Edwards   reggae

    Melanie Owen   ysgrifennu

2 Pa dri pheth mae Richard Parks wedi'i wneud?

----

3 I ba dimau pêl-droed mae Rabbi Matondo wedi chwarae? Ticia dri.

    Cymru ◯   Dinas Manceinion ◯

    Lloegr ◯   Dinas Caerdydd ◯

4 Pa frawddegau sy'n **gywir** a pha rai sy'n **anghywir**?

	✓	✗
Roedd Joseff Gnagbo yn casáu dysgu ieithoedd pan oedd yn blentyn.		
Yn Nigeria, mae plant yn cael mynd i'r ysgol am ddim.		
Mae Margaret Ogunbanwo yn byw yn ne Cymru.		

5 Chwilia am y swyddi yn y chwilair.

c	o	g	y	dd	i	o	w	u
y	a	ff	c	g	th	d	c	r
f	ll	a	w	f	e	dd	y	g
i	e	p	ch	a	m	rh	f	w
e	i	t	d	th	y	b	l	ff
i	d	i	g	r	i	f	w	r
th	o	g	b	o	h	ll	y	p
y	a	c	t	o	r	e	n	s
dd	a	w	d	u	r	i	y	r
c	ll	s	e	d	a	u	dd	c

cogydd   llawfeddyg   athro   awdur
cyfieithydd   cyflwynydd   digrifwr   actor

6 Lliwia'r lluniau.

7 Pa ieithoedd sydd yn y tablau?
Ysgrifenna enw'r iaith ar waelod pob tabl.

cath
car
bara
ysgol
llyfr
C......................

cat
car
bread
school
book
S......................

chat
voiture
pain
école
livre
Ff......................

gato
auto
pan
escuela
libro
S......................

ologbo
ọkọ ayọkẹlẹ
akara
ile-iwe
iwe
I......................

8 Wyt ti'n gallu labelu'r cwmpawd?

gogledd   de   dwyrain   gorllewin

9 Mae Richard Parks wedi mynd ar antur. Pa lwybr sy'n mynd ag ef i gopa'r mynydd?

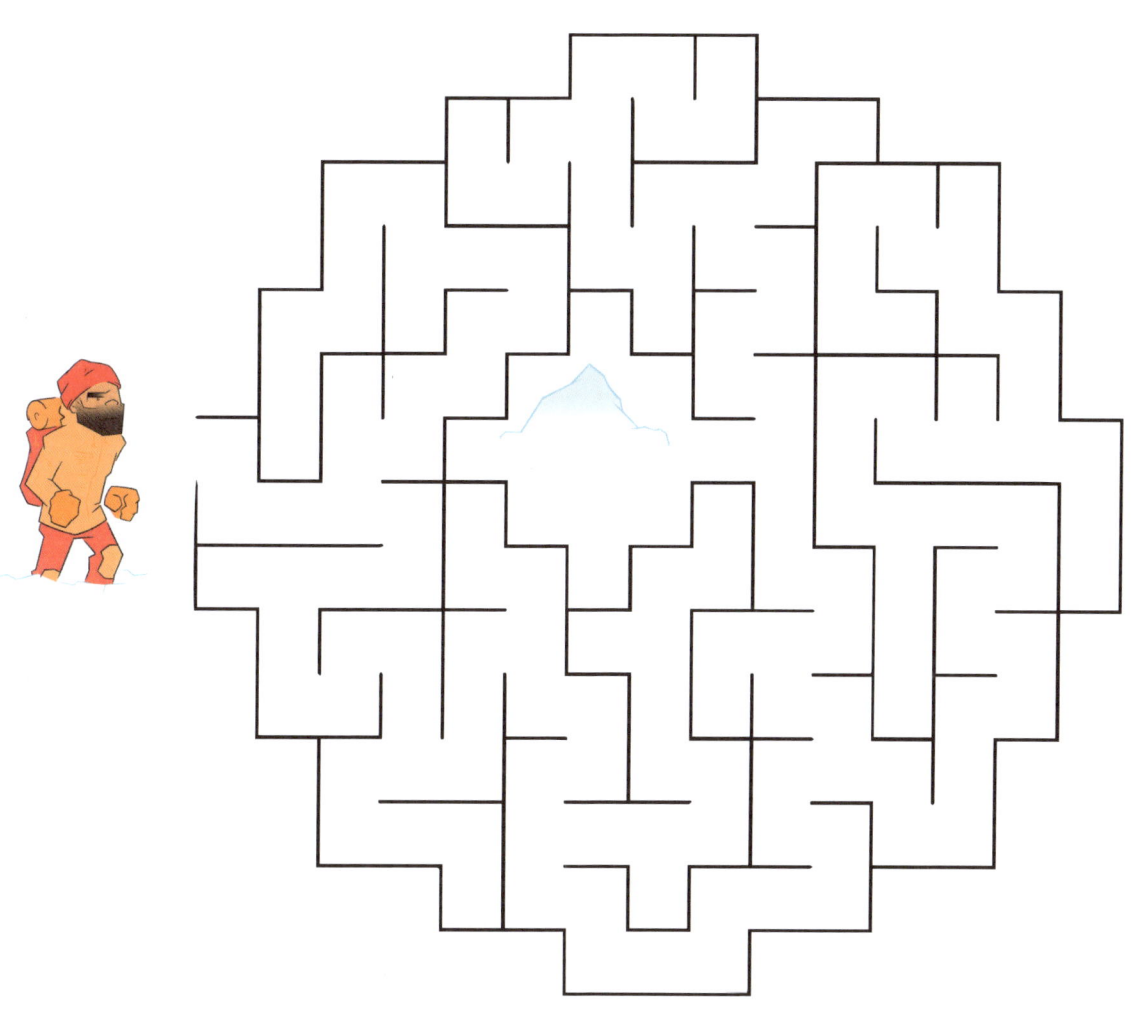

10 Gwna restr o bopeth rwyt ti'n falch ohono:

caredig
cryf
hapus
cyffrous
gwych
hyderus
diogel
anhygoel
dewr
talentog
arbennig
teg
hardd
positif
iach
balch
caredig
ysbrydoledig
parchus
cyfartal
pwysig

Hefyd gan y Lolfa

£8.99

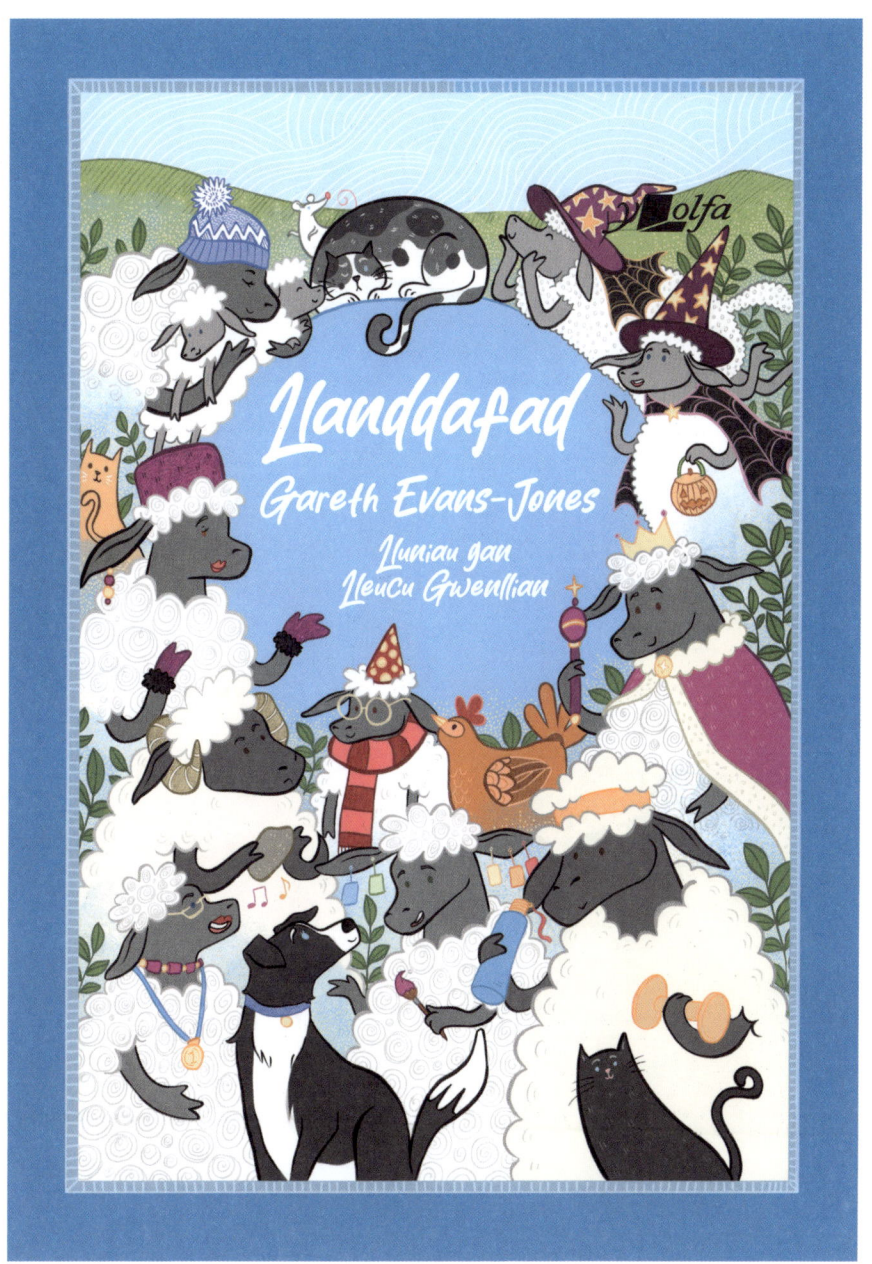

£8.99

£6.99

£4.99